Die Touristen

<u>*In deutscher Übersetzung*</u> liegen folgende Theaterstücke von Jean-Pierre Martinez vor:

Die Touristen

Vier Sterne

Freitag, der 13.

Strip Poker

JEAN-PIERRE MARTINEZ

Die Touristen

Übersetzung: Hans-Joachim Bopst

La Comédiathèque
comediatheque.net

Personen

Brigitte
Delphine
Maurice
Patrick

© La Comédiathèque
ISBN 978-2-37705-407-7

ERSTER AKT

Terrasse einer Villa irgendwo in Nordafrika. Gartentisch, ein paar Stühle. Zwei Liegestühle. Maurice und Delphine, Pariser ‚Bobos‘, eine Mischung aus Bohème und Schickeria, treten auf, sichtlich erschöpft. Maurice zieht einen Edel-Trolley, Marke ‚Louis Vuitton‘, hinter sich her.

DELPHINE: Zu früh sind wir nicht da… Von wegen: „20 Minuten vom Flughafen“!

MAURICE: Mit dem Hubschrauber, vielleicht.

DELPHINE: Und dann noch in diesem Viehtransporter, den die hier „Autobus“ nennen… Ich hab‘s Dir ja gesagt, wir hätten ein Taxi nehmen sollen.

MAURICE: Aber du musst zugeben, es war ziemlich landestypisch…

DELPHINE: Was? In einem Abteil mit diesen Nutztieren fahren? Ich rieche bestimmt wie eine Ziege, oder?

MAURICE: Ich rieche nichts.

DELPHINE: Sie hätten uns wenigstens vorwarnen können, dass es ein *Omni*bus ist… *Zwei* Stunden Fahrt bis hierher…

Maurice stellt den Koffer ab und bewundert die Landschaft.

MAURICE: Hauptsache, wir sind angekommen! Und die Aussicht ist wirklich einzigartig. Schau mal!

Delphine schaut ihrerseits, fast lächelt sie schon, da verdunkelt sich ihre Miene plötzlich wieder.

DELPHINE: Und wo ist das Meer? Auf der Webseite stand: Terrasse mit Meerblick!

Maurice schaut angestrengt und wird fündig.

MAURICE: Ah, doch, da hinten…

DELPHINE: Ich sehe nichts… Wo denn?

MAURICE: Doch. Da, ganz links. Zwischen den zwei Kamelen.

DELPHINE: Naja… wenn man sich rausbeugt… und mit einem guten Fernglas…

MAURICE *(mit einer zärtlichen Geste)*: Komm schon… Hauptsache, wir sind am Ziel, du und ich, und feiern ab jetzt unsere zweiten Flitterwochen.

DELPHINE *(nicht mehr ganz so missmutig)*: Du hast Recht. 10 Jahre verheiratet! Nicht zu glauben! Würdest Du's noch mal machen?

MAURICE: Mit geschlossenen Augen!

DELPHINE: Und mit offenen Augen?

MAURICE: Du wirst schon sehen, wir haben's hier bestimmt gut getroffen. Auf jeden Fall wird es gemütlicher als in diesem Billig-Flughafen-Terminal von Beauvais....

DELPHINE: Puh! 11 Stunden Verspätung… In denen sie einem 11 Tage alte Sandwiche in die Hand drücken, mit denen du dir eine Lebensmittelvergiftung einhandelst, noch bevor du an Bord gehst. Alles pure Geldschneiderei – sogar die Papiertüten fürs Kotzen *im* Flugzeug kosten extra.

MAURICE: Du musst es von der guten Seite sehen: wir sind schon mal gegen Montezumas Rache geimpft…

DELPHINE: Und dann haben wir auch noch unsere ganzen Sachen in einen einzigen Koffer stopfen müssen, um kein Übergepäck zu zahlen.

MAURICE: Dafür reist man dann „unbeschwerter"! Ich bin sicher, wir hätten sonst lauter nutzloses Zeug mit-genommen.

DELPHINE: Nutzlos? Du weißt genau, dass eine Frau im Gepäck nur Unverzichtbares hat, Sachen, ohne die gar nichts geht, vor allem nicht im Urlaub. Du verwechselst das Unverzichtbare mit dem Überflüssigen.

MAURICE: Damals die Seychellen, mit Air France und in diesem Hotel vom *Club Med*… das war schon ein bisschen wie im Film, nicht?

DELPHINE: Ach, da, wo wir in unseren Flitterwochen waren…

MAURICE: Mhm! Die Seychellen, das war noch das echte Abenteuer. Aber heute ist das ja schon abgedroschen…

DELPHINE: Ich hätte nichts dagegen gehabt, unseren Hochzeitstag konventionell zu feiern.

MAURICE: Dafür unterstützen wir jetzt die Befreiungsbewegungen im Maghreb… Hast Du die Wahlplakate an den Hauswänden gesehen? Spürst du den Hauch von Demokratie, der in diesem Land weht?

DELPHINE: Najaa... Ob wir durch das Buchen einer Ferienwohnung mit Swimming-Pool für die Wiederauferstehung des Tourismus nach der Revolution sorgen – ich weiß nicht so recht. Oder hältst du dich jetzt etwa für Che Guevara?

MAURICE: Aber wenn jeder einen solchen Solidaritätsurlaub buchen würde…

DELPHINE: Die Seychellen, haben *die* eine Demokratie?

MAURICE: Ich weiß nicht, ob das überhaupt ein Land ist.

DELPHINE: Wem sollen die denn gehören?

MAURICE: Irgend so einem Reiseveranstalter?

Sie sehen sich um.

DELPHINE: Also… was machen wir jetzt? Sollen wir warten, bis jemand kommt?

MAURICE: Da ist offen, schau mal.

DELPHINE: Also, *ich* hab gedacht, dass der Besitzer da ist und uns begrüßt, so in der Landestracht, im Schneidersitz auf einem Orient-Teppich, mit Pfefferminz-Tee. Wo ist denn die sprichwörtliche arabische Gastfreundschaft hingekommen? Naja. Ich sage dir, so eine Revolution hat nicht nur ihr Gutes. Die traditionellen Sitten und Gebräuche gehen verloren…

MAURICE: Wenigstens beweist das, dass es hier sicher ist. Wenn man in Paris die Tür offen stehenlässt… dann ist später nicht mal mehr die Türe da.

DELPHINE: Gut, lass uns gucken, wie es drinnen aussieht. Ich will nur noch eines: unter die Dusche und mir was Frisches anziehen…

MAURICE: Ich auch.

Sie gehen mit ihrem Trolley ins Haus... Kaum sind sie drinnen, kommt ein anderes Ehepaar auf die Terrasse. Prollig angezogen. Er (Patrick) hat ein Short und ein T-Shirt mit einem Werbespruch an. Sie (Brigitte) sieht sexy aus, aber auch etwas vulgär, knapp bekleidet mit einem Pareo, einem Hüfttuch. Sie kommen vom Swimming-Pool. Patrick trägt einen zusammengeklappten Sonnenschirm und ein Kofferradio, Brigitte eine Kühltasche.

PATRICK: Boh-ey, was für eine Affenhitze am Pool, ohne den Sonnenschirm und die Kühltasche wären wir draufgegangen... Wie wär's mit einem Durstlöscher, Baby?

BRIGITTE: Ich könnte das ganze Meer austrinken, mitsamt den Fischen...

Sie lassen sich in den Liegestühlen nieder. Brigitte langt nach der Kühltasche, die sie neben sich gestellt hat.

BRIGITTE: Was darf's denn sein, Bärchen?

PATRICK: Genau... ein Bierchen wär jetzt recht.

Sie gibt ihm ein Dosenbier rüber und nimmt sich ein Cola Light.

BRIGITTE: Das ist aber das letzte, wir müssen welches nachkaufen.

PATRICK: Was? Schon?

BRIGITTE: Wie viele hast du n getrunken, seit heute früh?

PATRICK: Wenn's schmeckt, dann zählt man nicht.... Glaubst du, dass die hier Bier haben?

BRIGITTE: Vielleicht alkoholfreies.

PATRICK: Bloß nicht !

BRIGITTE: Das sind doch hier Moslems.

PATRICK: Da wären wir besser wieder an die Costa Brava gefahren, oder?

BRIGITTE: Die Costa Brava? Aber das ist doch jetzt so was für reiche Pinkel geworden.

PATRICK: Findest du?

BRIGITTE: Und bei dem, was dieses Jahr passiert ist, hätten wir doch eh keinen Bock gehabt, da wieder hinzufahren, oder?

PATRICK: Und auch nicht die Kohle... Das ist ja jetzt teurer als in Frankreich!

BRIGITTE: Vor allem, seitdem die auch den Euro haben.

PATRICK: Und die Kriminalität bei denen... Wie die uns letztes Jahr die Wagentür aufgebrochen haben... Früher, beim Franco, hat's so was nicht gegeben.

BRIGITTE: Eigentlich war ich bisher kein großer Fan von arabischen Ländern. Aber die Preise sind einfach unschlagbar.

PATRICK: Und dann sind das ja auch keine echten Araber hier, oder?

BRIGITTE: Wieso? Was sollen die denn sonst sein?

PATRICK: Keine Ahnung... Vielleicht Beduinen?

BRIGITTE: Beduinen? *(sie denkt nach)* Aber die Beduinen – sind das keine Araber?

PATRICK: Ich glaub eher nicht...

Sie trinken aus ihren Getränkedosen und brüten weiter.

BRIGITTE: Die Beduinen – sind das nicht die, die in der *Wüste* leben?

PATRICK: Wieso?

BRIGITTE: Na, weil wir hier nicht in der Wüste sind! Wir sind am Meer.

PATRICK: Solche auf Kamelen, meinst du? Aber das sind doch die Tuareg, oder?

BRIGITTE: Und die Tuareg, sind das etwa auch keine Araber?

PATRICK: Was weiß denn ich!

BRIGITTE: Aber Moslems sind sie schon?

PATRICK: Wer?

BRIGITTE: Mann, die Beduinen!

PATRICK: Ja, schon, was denn sonst … Ich meine, wir sind in der Wüste und gleichzeitig am Meer. …Schau, da drüben, ein Kamel! Oder ein „Wüstenschiff", wie die hier sagen.

BRIGITTE *(gähnt)*: Ehrlich? Ich bin noch ganz fertig von der Reise.

PATRICK: Wir sind doch erst vor einer Stunde angekommen.

BRIGITTE: Das muss die Zeitverschiebung sein.

PATRICK: Ist aber nur *eine* Stunde Zeitverschiebung zu uns! Und auch nur im Sommer…

BRIGITTE: Aber wenn man nicht daran gewöhnt ist…

PATRICK: Stimmt: es ist Mittag und ich hab noch keinen Kohldampf…

BRIGITTE: An der Costa Brava hat's kein solches Problem mit dem Jetlag gegeben.

PATRICK: Also, bevor mir der Magen zu knurren anfängt, blende ich mich mal siestamäßig aus. Was hältst du davon?

BRIGITTE: Da genieren wir uns einfach nicht! Ist ja schließlich Urlaub, gell!

> *Sie schlummern ein… Von der anderen Terrassenseite kommen Maurice und Delphine wieder. Sie sehen Patrick und Brigitte in ihren Liegestühlen nicht gleich.*

MAURICE: Gar nicht so übel, oder?

DELPHINE: Etwas einfach, aber es geht schon.

MAURICE: Wenn du bedenkst, dass diese Leute sich gerade erst von einer Diktatur erholen, die ein halbes Jahrhundert gedauert hat…

DELPHINE: Wieso ein halbes Jahrhundert? War es davor eine Demokratie?

MAURICE: Es war, soweit ich weiß, eine Monarchie.

DELPHINE: Und wer genau ist dieser Kandidat für die ersten demokratischen Wahlen?

MAURICE: Welcher?

DELPHINE: Gibt es mehrere?

MAURICE: Aber ja doch!

DELPHINE: Ich meine den, den man auf allen Wahlplakaten sieht !

MAURICE: Ach, der Spitzenkandidat… Das ist der ehemalige Justizminister.

DELPHINE: Der Justizminister von dem Diktator, den sie gerade gestürzt haben?

MAURICE: Ja, das ist zumindest das, was ich in der Zeitung gelesen habe…

DELPHINE: Und das ist dir nicht komisch vorgekommen?

MAURICE: Was?

DELPHINE: Dass Diktatoren einen Justizminister haben?

MAURICE: Ach, diese armen Teufel haben noch nie so etwas wie eine Demokratie gehabt. Sie werden natürlich einige Zeit brauchen, um sie in ihrem wahren Wert zu erkennen.

DELPHINE: Tja… Demokratie nach französischem Vorbild ist wie Wein besonderer Herkunft oder feines Parfum, das verlangt schon eine gewisse Kultur…

MAURICE: Man muss das Gespür dafür haben.

DELPHINE: Und eine gute Nase. Bist du sicher, dass ich nicht nach Ziege rieche?

MAURICE: Du riechst wie immer...

DELPHINE: Puh, diese Hitze! … Du hast schon Recht: die Revolution zu unterstützen ohne Klimaanlage, das grenzt an Heldentum.

MAURICE: Aber hast du gesehen? Die haben sogar Getränke im Kühlschrank kaltgestellt – wo du schon an ihrer Gastfreundlichkeit gezweifelt hast…

> *Patrick gibt einen Schnarchlaut von sich, wodurch Maurice und Delphine auf das andere Ehepaar aufmerksam werden, das noch immer vor sich hinschlummert.*

DELPHINE: Wer ist denn das?

MAURICE: Das müssen die Besitzer sein…

DELPHINE: Sie sehen aber nicht sehr arabisch aus.

MAURICE: Vielleicht sind es Kabylen…

DELPHINE: Sie haben eher den Look von _Debilen._

MAURICE: Sprechen Sie Französisch?

Patrick und Brigitte sind von der Unterhaltung der beiden anderen aufgewacht und kommen langsam zu sich. Maurice und Delphine blicken sie mit leichtem Entsetzen an.

PATRICK: Wir waren nur ein bisschen abgetaucht… Ist das _Ihr_ Laden?

DELPHINE: Unser Laden?

MAURICE: Er meint, ob wir die Vermieter sind.

DELPHINE: Ja, danke, ich hab schon mal einen Film mit Jean-Paul Belmondo gesehen. Aber ich habe nicht gedacht, dass die einfachen Leute auch so reden. _(Zu Patrick)_ Was machen Sie hier, guter Mann, wenn Sie nicht der Besitzer sind? Wollen Sie den Rasen mähen?

PATRICK: Wir _wohnen_ hier!

BRIGITTE: Also… urlaubshalber…

MAURICE: Was soll das heißen? Diese Villa haben _wir_ gemietet!

PATRICK: Wir auch, aber so was von!

MAURICE: Ich hab's… Diese Herrschaften haben die Villa in der Zeit _vor uns_ gemietet… Sie wollen gerade aufbrechen, nicht wahr?

BRIGITTE: Von wegen! Wir sind ja erst vor einer Stunde angekommen.

PATRICK: Und bleiben eine Woche. Und Sie?

MAURICE: Wir auch.

DELPHINE: Das ist ein Alptraum, Maurice, tu was …

MAURICE: Da muss ein Missverständnis vorliegen. Der Besitzer kommt bestimmt gleich und wird alles aufklären. Haben Sie ihn schon gesehen, den Besitzer?

PATRICK: Nee, und Sie?

MAURICE: Nein, noch nicht.

BRIGITTE: Wir sind vor einer Stunde mit einem Taxi hergekommen.

DELPHINE: Da siehst du's! Wenn wir ein Taxi genommen hätten, wären wir als erste da gewesen…

PATRICK: Es war alles offen, da sind wir reingegangen.

BRIGITTE: Wir haben noch nicht mal unsere Koffer aufgemacht.

DELPHINE: Umso besser, dann können Sie ja gleich wieder abreisen!

PATRICK: Wir haben gerade mal Zeit für einen Sprung in den Pool gehabt, ohne Klamotten, sozusagen textilfrei.

BRIGITTE: Wir haben nicht gedacht, dass wir Gesellschaft bekommen…

DELPHINE *(über Patrick)*: Sein Gesicht kommt mir irgendwie bekannt vor…

MAURICE *(verlegen)*: Mir auch… Wahrscheinlich haben wir sie im Flugzeug gesehen

DELPHINE: Vielleicht sind das Hausbesetzer…

MAURICE: Also, ich ruf jetzt den Hausbesitzer an. *(Maurice zieht sein Smartphone aus der Hülle, die anderen schauen ihm gespannt zu.)*

MAURICE: Kein Netz.

PATRICK: Arabische Telefongesellschaft.

BRIGITTE: Der wird bestimmt noch aufkreuzen.

PATRICK: Kein Schwein da, soviel steht fest.

BRIGITTE: Na, das Haus ist groß genug! *(Zu Patrick)* Und du hast noch gemeint, dass du dich langweilen wirst…

PATRICK: Normalerweise machen wir immer mit Freunden Urlaub, aber dieses Mal stehen sie nicht mehr zur Verfügung…

BRIGITTE: Die haben vor 2 Monaten einen Verkehrsunfall gehabt und sind jetzt beide tot…

PATRICK: Das hat ganz schön reingehauen, können Sie sich ja denken.

BRIGITTE: Wo wir seit Ewigkeiten mit denen zusammen Urlaub gemacht haben.

PATRICK: Die haben so ein kleines Apartment an der Costa Brava gehabt.

BRIGITTE: Und haben uns jedes Jahr im August zu sich eingeladen.

PATRICK: Dieses Mal haben wir uns zwangsläufig was Anderes gesucht.

BRIGITTE: Gar nicht so einfach, für August, können Sie sich ja vorstellen…

PATRICK: Da sind wir auf Nordafrika ausgewichen.

BRIGITTE: Das war nämlich so ein Einführungsangebot…

PATRICK: Ist ja auch fast genauso wie die Costa Brava, gell?

BRIGITTE: Statt Paella gibt's jetzt halt Couscous zum Essen, *voilà*.

PATRICK: Und in Gesellschaft, warum auch nicht, gell, Brigitte?

DELPHINE *(zu Maurice)*: Du hast das doch hoffentlich nicht alles arrangiert, das Zusammentreffen mit diesen Proleten, so einen flotten Vierer zu unserem Hochzeitstag, so als kleiner Kick? Du weißt genau, dass ich Überraschungen nicht besonders mag…

PATRICK: Dann genehmigen wir uns erst mal einen kleinen Aperitif, wie wär's damit? Baby, bringst du uns ein paar Oliven?

Brigitte geht in die Villa.

PATRICK: Bier ist keines mehr da. Wie wär's mit einem Magenwärmer?

DELPHINE: Mit was?

MAURICE: Er meint so was wie einen Pastis.

PATRICK: In diesem Schuppen kommt ein kleiner Pastis gerade recht… Ich hab Pfefferminzsirup. Einen Papagei für die junge Dame?

DELPHINE *(leise zu Maurice)*: Ich verstehe nicht, was er meint.

Patrick schenkt ein. Brigitte kommt mit den Oliven zurück. Patrick hebt sein Glas.

PATRICK: Zum Wohlsein!

BRIGITTE: Hier, Oliven, greifen Sie zu.

PATRICK: Waren Sie schon mal in der Gegend?

DELPHINE: Wie kommen die dazu, die Villa zweimal zu vermieten?

MAURICE: Keine Ahnung.

DELPHINE: Haben Sie den Mietvertrag?

PATRICK: Klar doch, da ist er... *(Er hält Delphine den Mietvertrag hin.)* Monsieur und Madame Martin... da steht's...

DELPHINE: Monsieur und Madame Martin!

PATRICK: Aber Sie können einfach Patrick zu mir sagen...

BRIGITTE: Und *ich* bin die Brigitte.

MAURICE: Wir haben denselben Zunamen.

PATRICK: Heißen Sie auch *Patrick*?

DELPHINE: Wir heißen auch *Martin*. Das nennt man eine Homonymie.

BRIGITTE: Ehrlich?

PATRICK: Das ist ja krass.

BRIGITTE: Kein Wunder, es gibt doch so eine Redensart: dass nicht nur Esel auf den Namen *Martin* hören!

PATRICK: Das hat schon mein Lehrer immer zu mir gesagt. Wir waren zwei mit demselben Namen in der Klasse. Der andere, das war so ein übler Streber! Hat sich immer wie der Klassenbeste aufgeführt. Waren *Sie* das etwa? Sie sehen ihm nämlich ganz schön ähnlich.

MAURICE: Wie kommen Sie denn da drauf?

PATRICK: Gell, Baby, ein bisschen sieht er dem Momo ähnlich? Du hast ihn doch auch gekannt, den Momo?

BRIGITTE: Nö...

PATRICK: Ach, natürlich hast du den gekannt! Wir waren zusammen in der Schule! In der Gagarin-Hauptschule. Gagarin! Der Lehrer hat immer zu mir gesagt: Wenn man später mal die Idioten in eine Umlaufbahn schießt, dann *dich* für immer.

DELPHINE: Das ist wirklich wie in einem Belmondo-Film.

BRIGITTE: Sie haben Recht, das muss von dieser Homophobie herkommen.

DELPHINE: Verzeihung?

BRIGITTE *(zu Maurice)*: Die müssen geglaubt haben, dass mein Mann und Sie ein und dasselbe Ehepaar sind…

PATRICK: Klar doch. Wir haben denselben Namen… Pfff, womöglich sind wir noch Cousins.

BRIGITTE: Na, das Haus ist ja groß genug. Wenn wir schon fast *eine* Familie sind – warum verbringen wir den Urlaub dann nicht zusammen?

DELPHINE: Zusammen?

PATRICK: Wir teilen uns die Miete!

BRIGITTE: Und fürs Essen machen wir gemeinsame Kasse.

PATRICK: Wie mit unseren Freunden.

MAURICE: Ihren Freunden?

BRIGITTE: Die, die jetzt tot unter der Erde sind.

PATRICK: Was halten Sie davon?

BRIGITTE: Es ist ja eh schon günstig…, wenn wir's dann noch durch zwei teilen…

PATRICK: Dann ist es hier billiger, als wenn wir zu Hause geblieben wären und Fernsehen geschaut hätten, das steht fest.

BRIGITTE: Wenn's im Fernsehen wenigstens was Vernünftiges gäbe!

DELPHINE *(zu Maurice)*: Na, prächtig… Du wolltest ja auch sparen… Jetzt sag schon was…

MAURICE: Im Moment gibt es sowieso keine andere Lösung…

DELPHINE: Besten Dank, ich habe mir schon gedacht, dass das jetzt kommt. Aber hier in der Umgebung muss es doch Hotels geben, oder?

PATRICK: Uuh… Das ist hier eher tote Hose… Was man so vom Taxi aus gesehen hat. Das ist hier Pampa. Oder genauer gesagt: Wüste.

BRIGITTE: Außer ein paar Zelten von Beduinen.

PATRICK: Und die gnädige Frau, wie heißt die?

MAURICE: Martin – das habe ich Ihnen doch schon gesagt! Das ist meine Frau. Wir heißen beide Martin.

DELPHINE *(leise, zu Maurice)*: Die sind so was von zurückgeblieben, das gibt's doch nicht…

PATRICK: Nee, den Vornamen meine ich! Nicht den Mädchennamen.

DELPHINE: Delphine. Ich heiße Delphine.

PATRICK: Alles klar… Und er ist der Maurice. Echt krass. Der Momo Martin! Mein Kumpel von der Schule! Aber der hat doch nicht Maurice geheißen, oder?

BRIGITTE: Wer möchte noch einen Aperitif?

MAURICE: Danke, ich hab genug…

PATRICK: Und was machst du so, Momo?

MAURICE: Ähm… ich bin Journalist…

PATRICK: Für *France Soir* oder so ein Käsblatt?

MAURICE: *Golf Magazin International*.

PATRICK: Aha, ein großer Reporter… *(zu Delphine)* Und die Dame?

DELPHINE: Ich bin Malerin.

BRIGITTE: Malerin? Das ist ja kein sehr üblicher Beruf für Frauen.

PATRICK *(zu Brigitte)*: Du wolltest doch deine Küche neu streichen lassen, kannst sie gleich mal nach einem Kostenvoranschlag fragen.

DELPHINE: Ähm… nein, ich… male keine Küchen…

BRIGITTE: Ach so? Was malen Sie denn dann?

DELPHINE: Ich mache hauptsächlich Bilder von Kühen.

BRIGITTE: Von Kühen?

DELPHINE: Ab und zu auch von Kälbern.

MAURICE: Meine Frau ist Kunstmalerin.

DELPHINE: Tiermalerin.

PATRICK: Ach so… Und Sie haben sich auf Rind spezialisiert?

BRIGITTE: Da haben Sie aber Pech, hier gibt es nur… Kamele.

DELPHINE: Wir sind im Urlaub…

BRIGITTE: Ist ja lustig. Eine Kunstmalerin habe ich noch nie kennengelernt. Und Sie könnten auch ein Porträt von mir malen?

PATRICK: Die Dame hat dir doch gesagt, dass sie nur Kühe malt…

DELPHINE: Und Sie Patrick?

PATRICK: Ich hab im Gefrierkost-Sektor zu tun.

DELPHINE: Ach, daher das T-Shirt…

MAURICE: Und Sie, Brigitte, was machen Sie beruflich?

BRIGITTE: Ich? Ach, zurzeit arbeite ich in einem Massage-Salon.

MAURICE *(interessiert)*: In einem Massage-Salon…?

PATRICK: Süße… ich hab dir doch gesagt, das heißt, Physiotherapeutin'…

BRIGITTE: Massage-Salon ist aber einfacher.

PATRICK: Meine Frau ist Sprechstundenhilfe …

BRIGITTE: Ich wette, wir haben einen Haufen Dinge gemeinsam.

DELPHINE: Sie meinen, außer unserem Namen?

PATRICK: Du, Baby, setzt du schon mal die Suppe auf? Ich schiebe einen Kohldampf, kann ich dir sagen…

BRIGITTE: Bleiben Sie zum Essen?

PATRICK: Ich weiß nicht, ob …

DELPHINE: Lassen Sie nur. Wir wollen doch keine Gewohnheiten einreißen lassen.

BRIGITTE: Ich übernehme als erste das Geschirr

DELPHINE: Nein, das ist wirklich nett von Ihnen, aber wir werden hier schon ein kleines Restaurant in der Nähe finden…

MAURICE: Wir haben nämlich heute unseren Hochzeitstag.

PATRICK: Ja, dann…! Wir werden Ihnen kein Schlaflied singen, gell, Brigitte.

Sie gehen ab.

DELPHINE: *Musstest* du ihnen unbedingt sagen, dass heute unser Hochzeitstag ist?

MAURICE: Mir ist nichts Anderes eingefallen, wie wir Ihrer Einladung aus dem Weg gehen können.

DELPHINE: Ehrlich… wir wären besser auf die Seychellen geflogen und hätten die nächste Revolution angezettelt…

Maurice versucht noch einmal zu telefonieren.

MAURICE: Immer noch kein Netz…

DELPHINE: Sag mir, dass das alles nur ein Albtraum ist und dass ich gleich aufwache…

MAURICE: Nimm's von der guten Seite…

DELPHINE: Welche gute Seite?

MAURICE: Wir hätten doch sonst nie den Abend mit Leuten aus Clichy-sous-Bois verbracht…

DELPHINE: Wir wollten die Einheimischen von hier kennenlernen, nicht Leute aus der Pariser *Banlieue*… Woher weißt du eigentlich, dass sie aus Clichy-sous-Bois kommen?

MAURICE: Weiß ich nicht, sag ich nur so.

DELPHINE: Na dann… Was machen wir jetzt?

MAURICE: Außer warten…

DELPHINE: Nein, auf keinen Fall werde ich in dieser Bleibe auch nur *eine* Nacht mit diesen beiden Schwachköpfen verbringen! Weißt du, was dein Problem ist, Maurice? Du bist so was von energielos, so ein Weichei!

MAURICE: Hast du eine bessere Lösung?

DELPHINE: Ach, was weiß ich! Schau mal im Koffer nach, ob wir die Telefonnummer von dem Reisebüro in Paris haben!

Er bringt den Koffer und versucht, ihn mit einem Schlüssel zu öffnen.

MAURICE: Ich krieg ihn nicht auf.

DELPHINE: Zeig mal...

Sie versucht es auch, aber vergeblich.

MAURICE: Hmm... Ist das überhaupt der richtige Schlüssel?

DELPHINE *(entsetzt)*: Es ist der richtige *Schlüssel*... aber der falsche *Koffer*.

MAURICE: Was? Aber das ist doch *unser* Koffer von Vuitton.

DELPHINE: Der hier ist aber ein *echter* Vuitton.

MAURICE: Wieso? War unserer kein echter?

DELPHINE: Wir müssen uns vertan haben, als wir den Koffer vom Förderband genommen haben.

MAURICE: Vertan? Wie sollen wir uns denn vertan haben?

DELPHINE: *Du* hast doch den Koffer vom Band genommen, weil er für mich zu schwer war. Hast du nicht gesehen, dass das hier ein echter Vuitton ist?

MAURICE: Ich hab nicht gewusst, dass unserer kein echter ist!

DELPHINE: Wir haben nichts mehr!

MAURICE: Gar nichts?

DELPHINE: Nichts als die schmutzigen Klamotten, die wir anhaben...!

MAURICE: Sei froh, wir haben noch die Pässe, die Kreditkarten und die Reiseschecks... *(Sie wirft ihm einen bedeutungsschweren Blick zu.)*... Neiiin. Sag bloß...

DELPHINE: Ich habe die Hülle mit unseren Reiseunterlagen gleich nach der Zollkontrolle in das Außenfach vom Koffer gesteckt...

MAURICE: Das ist nicht dein Ernst?

DELPHINE: Du hast mir doch davon vorgeschwärmt, wie sicher es in diesem Land ist und von allen diesen Vorteilen der 50-jährigen Diktatur... dass man sogar die Haustür offen stehen lassen kann...

MAURICE: Ja und?

DELPHINE: Unsere Reisedokumente sind nicht im Außenfach von *diesem* Koffer hier!

MAURICE: Dann war es also so, dass ich den *richtigen* Koffer vom Halsband runtergenommen habe…

DELPHINE: Vom Halsband? Was redest du da?

MAURICE: Und das mit der Verwechslung war später, in der Eingangshalle vom Flughafen. Als ich dich mit dem Gepäck alleine gelassen habe und zum Taxistand gegangen bin…

DELPHINE: Bin jetzt etwa *ich* schuld?!

MAURICE: Jetzt rück raus mit der Wahrheit, Delphine. Hast du den Koffer unbeaufsichtigt gelassen, auch wenn's nur für einen Augenblick war?

DELPHINE: Neiiiiin… Bis auf… ich bin nur einen Moment auf die Toilette gegangen… es war ganz dringend… und *mit* dem Koffer bin ich nicht in die Toilette reingekommen…

MAURICE: Okeee…

Patrick und Brigitte kommen mit zwei Konservendosen und Tellern zurück und wollen den Tisch decken.

PATRICK: Was ist los, ihr schaut so gequält?

MAURICE: Das ist ein fremder Koffer.

DELPHINE: Den unseren hat man uns geklaut.

BRIGITTE: Komisch! Uns hat man gesagt, dass es hier sehr sicher ist.

DELPHINE: Mit unseren ganzen Reiseschecks…

BRIGITTE: Mit Reiseschecks…?

PATRICK: Gibt's sowas überhaupt noch?

DELPHINE: Wir haben keinen Cent mehr…

MAURICE: Wir haben nicht mal was zu essen…

BRIGITTE: Na, dann haben Sie ja jetzt keine andere Wahl!

DELPHINE: Keine Wahl?

PATRICK: Wir laden Sie ein! Schatzi, holst du noch 2 Portionen Körner und deckst für die beiden mit?

DELPHINE: Was ist das?

PATRICK: Couscous.

MAURICE: Aus der Dose?

BRIGITTE: Wir sollen uns hier von frisch zubereitetem Essen fernhalten, hat man uns gesagt.

PATRICK: Wegen Montezumas Rache, Sie verstehen schon…

BRIGITTE: Unser Doc hat uns ausdrücklich *Konserven* empfohlen…

MAURICE: Dosen-Couscous… na toll…

PATRICK: Ja, aus der Dose, aber aus regionaler Produktion.

DELPHINE: Ach, hier gibt's Couscous aus der Dose? Das ist ja wirklich revolutionär…

BRIGITTE: Ob's das *hier* gibt, weiß ich nicht… Wir haben's bei *Auchan* entdeckt, bei uns in Clichy-sous-Bois…

DELPHINE: Du hast Recht, die sind tatsächlich aus Clichy-sous-Bois.

PATRICK: Und aufgepasst… Das ist fair gehandeltes Couscous!

Maurice und Delphine gucken verständnislos.

BRIGITTE: Abgefüllt von Frauen in einer Konservenfabrik, wo die Menschenrechte eingehalten werden.

DELPHINE: Auch eine Art, den Arabischen Frühling zu unterstützen…

PATRICK *(zu Maurice)*: Ist wirklich krass, deine Aufmachung erinnert mich total an jemanden …

DELPHINE: Nebenbei, wir haben nichts mehr zum Anziehen.

PATRICK: Nicht mal einen Badeanzug für den Pool.

BRIGITTE: Ich leih Ihnen einen, wenn Sie wollen. Obwohl… ich weiß gar nicht, ob ich einen zweiten dabei habe… Wegen dem Übergepäck… Wir haben ja schon alle Lebensmittel für eine Woche dabei…

DELPHINE: Dann eben *ein* Badeanzug für zwei… Wir baden abwechselnd… *(Zu Maurice)* Oder eben alle textilfrei, mit unseren neuen Freunden… was meinst du, liebster Maurice?

BRIGITTE: Soll ich Ihnen ein Kleid leihen?

DELPHINE: Ich glaub, wir haben nicht ganz die gleiche Größe. … Aber wir versuchen jetzt mal, diesen Koffer aufzubekommen. Vielleicht ist da etwas zum Anziehen…

BRIGITTE: Na, dann warten wir noch etwas mit dem Couscous.

Licht aus.

ZWEITER AKT

Maurice und Delphine kommen zurück, orientalisch angezogen: er mit Tunika im orientalischen Stil – einer „Dschellaba“ – und Schnabelschuhen, sie mit einem Bauchtanz-Kostüm. Patrick und Brigitte sind natürlich überrascht.

BRIGITTE: Wer hat was von einem Kostümfest heute Abend gesagt?

PATRICK: Im *Club Med* waren es immer die Animateure, die die Kostüme besorgt haben. Für hier haben wir gar nichts mitgenommen...

DELPHINE: Wir haben den Koffer nicht auf bekommen, aber das hier haben wir in einem Schrank gefunden...

PATRICK: Und Sie sagen, dass Sie keinen Reisepass mehr haben? So kostümiert kommen Sie in Paris sowieso nicht an der Flughafen-Polizei vorbei. Oder höchstens als Boat-People!

BRIGITTE: Stimmt, aber es steht Ihnen super gut!

PATRICK: Und wie wär's, wenn du nach dem Essen einen kleinen Bauchtanz für uns machst, Delphine?

DELPHINE *(etwas steif)*: Duzen wir uns jetzt etwa?

BRIGITTE: Ich serviere dann mal.

Brigitte serviert, indem sie auf jeden Teller eine Dose Couscous stellt.

DELPHINE: Wenigstens sind die Portionen fair verteilt...

MAURICE: Sieht gar nicht so übel aus.

BRIGITTE: Appetit ist die beste Würze, hat meine Mama immer gesagt.

Sie essen.

PATRICK: Einen Schluck Traubenmost?

Delphine versteht nicht gleich.

MAURICE: Monsieur fragt, ob du Wein möchtest.

DELPHINE: Du wärst besser Dolmetscher in der Pariser Banlieue geworden, statt Journalist beim *Golfmagazin*...

PATRICK: Sag mal Momo, du kommst sicher ne Menge rum, bei deinem Job?

MAURICE: Na ja, wissen Sie, die Golfplätze sehen alle gleich aus. Unterschiede gibt's nur bei der Zahl der Löcher…

BRIGITTE: Echt?… Und was hat Sie auf die Idee gebracht, Journalist bei diesem Golfmagazin zu werden?

PATRICK: Bist wohl n Golf-Narr?

MAURICE: Der Vater von meiner Frau ist der Chef von dieser Zeitschrift.

PATRICK: Ah, verstehe …

DELPHINE: Interessieren Sie sich für Golf?

BRIGITTE: Patrick ist eher der Fußballtyp! Oder, Patou?

DELPHINE: Tiermalerei ist wohl auch nicht Ihre große Leidenschaft… *(beiseite, zu Maurice)* Die Unterhaltung wird zäh, wenn nicht bald das Lokum zum Nachtisch kommt ….

Patrick schenkt nach.

BRIGITTE: Unglaublich, diese Koffergeschichte…

PATRICK: Andererseits, wenn man *meinen* Koffer gegen einen anderen vertauscht hätte – ich glaub, ich hätte nicht schlecht abgeschnitten.

BRIGITTE: Und was ist in dem Koffer, den Sie jetzt haben?

MAURICE: Ich habe Ihnen ja gesagt: wir haben ihn nicht aufbekommen.

PATRICK: Das schauen wir uns später *zusammen* an.

BRIGITTE: *(heiter)* Es gibt kein Schloss, das Patrick nicht aufkriegt. Oder, Patou?

PATRICK: Sie lacht, weil wir uns auf einer Single-Party kennengelernt haben.

BRIGITTE: Jedes Mädel hatte ein Schloss, na, Sie wissen schon, was ich meine…

PATRICK: Und jeder Typ hatte einen Schlüssel und musste das passende Schloss dazu finden.

BRIGITTE: Patrick hatte nicht den richtigen Schlüssel, aber er hat mein Schloss doch aufgekriegt. Er bastelt gern, wissen Sie.

Maurice ist ein bisschen verlegen. Delphine hängt ihren eigenen Gedanken nach.

DELPHINE: Es ist eigentlich unanständig, die Koffer von jemand Unbekanntem zu durchwühlen.

BRIGITTE: Also, ich glaube, der Nachtisch wäre so weit.

Brigitte steht auf.

BRIGITTE: Nein, nein, bleiben Sie ruhig sitzen… Schatz, kannst du mir beim Abräumen helfen?

Patrick und Brigitte gehen raus.

DELPHINE: Und wenn *die* es *waren*?

MAURICE: Was?

DELPHINE: Der Koffer! Vielleicht haben *die* uns den Koffer geklaut!

MAURICE: Aber es ist doch eh nichts Wertvolles in unserem Koffer! Und ein echter *Vuitton* ist es auch nicht! Warum sollen die denn den Koffer vertauscht haben?

DELPHINE: Was weiß denn ich… zum Spaß oder so!

MAURICE: Hältst du diese Leute für fähig zu so einem raffinierten Coup?

DELPHINE: Ich gehe später mal diskret nachsehen, ob das unser Koffer in ihrem Zimmer ist.

MAURICE: Ich weiß nicht, ob das so eine gute Idee ist…?

Patrick und Brigitte kommen zurück und begegnen Delphine, die rausgeht.

BRIGITTE: Wo gehen Sie denn hin? Es gibt Lokum zum Nachtisch!

DELPHINE: Ich geh… mich nur schnell frisch machen.

PATRICK: (*gut aufgelegt*) Also, *salam Ali komm,* lieber Bruder Momo! Es heißt immer, dass die Araber Schwierigkeiten haben, sich bei uns anzupassen, aber *du,* du bist ja ein Integrations-Champion – Respekt! Du musst nur noch die Landessprache lernen…

*Maurice bemüht sich um einen klugen Gesichts-
ausdruck.*

BRIGITTE: Hör doch auf, ihn anzumachen.

PATRICK: Ich darf doch mal ein bisschen Spaß haben,
oder? Wir sind im Urlaub! Und es ist echt krass… Er sieht
dem Momo ähnlich wie ein Ei dem anderen.

BRIGITTE: Welchem Momo?

PATRICK: Meinem Kumpel aus der Gagarin-Schule!
Mohamed!

BRIGITTE: Mohamed Martin?

PATRICK: Der hatte doch eine arabische Mutter und sein
Vater war Franzose. Von seinem Alten hat er den
Nachnamen, aber den Vornamen hat die Mama
ausgesucht.

BRIGITTE: Tja, so ist das mit Multikulti – ist nicht immer
leicht, damit umzugehen.

PATRICK: Mohammed Martin! Wir haben ihn Ali Baba
genannt, weil seine Mutter ihn in Araber-Klamotten, in so
einer Dschellaba, zur Schule geschickt hat. *Alle* haben ihn
deswegen aufgezogen… Wenn ihm die Nerven durch-
gegangen sind, hat er immer angefangen zu stottern. – Bist
du sicher, dass du nie in Clichy-sous-Bois gewohnt hast?

MAURICE *(stottert)*: Nee, nee… ich… ich… ich glaub
nicht…

PATRICK: Momo?

MAURICE: Das heißt… meine Frau weiß nichts davon…
Sie und ich haben uns an der Uni kennengelernt, ich habe
nach dem Abitur ein Begabtenstipendium bekommen…

PATRICK: Und jetzt nennst du dich Maurice?

MAURICE: Ich habe meinen Vornamen ändern lassen…
Aber mir wäre lieber, wenn das unter uns bleibt,
einverstanden?

PATRICK: Ok…

Delphine kommt zurück.

DELPHINE: Das hätten wir…

BRIGITTE: Schatz, räumst du den Tisch ab? Ich mach uns etwas Pfefferminztee.

MAURICE: Und?

DELPHINE: Das sind nicht unsere Sachen in ihrem Zimmer… Sie haben zwei Koffer. Im einen sind ihre Anziehsachen und der andere ist voll mit Couscous-Dosen…

MAURICE: Hat übrigens gar nicht so übel geschmeckt, für Dosen-Couscous.

DELPHINE: Das ist schon irgendwie abartig.

MAURICE: Was?

DELPHINE: Ein Koffer voll mit Couscous-Dosen… Vielleicht sind sie Schwarzhändler?

MAURICE: Und dealen mit Dosen-Couscous?

DELPHINE: Und wenn da etwas anderes drin wäre…

MAURICE: Nämlich?

DELPHINE: Was weiß ich… Drogen…

MAURICE: Wer ist denn so bescheuert, Drogen nach Nordafrika zu schmuggeln und noch dazu in Dosen von fair gehandeltem Couscous…?

Sie wenden den Blick gleichzeitig zu Patrick und Brigitte, die eben zurückgekommen sind.

PATRICK: So, das Geschirr ist abgespült!

DELPHINE: Tja, der Vorteil von Konservenbüchsen ist, dass es mit dem Geschirrspülen schneller geht.

BRIGITTE: Nächstes Mal seid ihr dran!

PATRICK: Aber euer Kofferproblem ist damit noch nicht gelöst.

MAURICE: Im Moment weiß ich auch nicht weiter.

DELPHINE: Der, der unseren Koffer hat, wird bestimmt Kontakt mit uns aufnehmen, wenn er merkt, dass die Koffer vertauscht sind…

PATRICK: Steht Ihre Adresse auf dem Koffer?

MAURICE: Unsere Adresse in Frankreich, ja.

BRIGITTE: Das bringt Sie auch nicht weiter, wenn der Typ Ihren Koffer nach Frankreich schickt...

PATRICK: Und auf dem Koffer, den Sie jetzt haben – steht da eine Adresse? Eine Telefonnummer?

Maurice holt den Koffer.

MAURICE: Nein...

DELPHINE: Vielleicht innen?

MAURICE: Aber uns fehlt doch der Schlüssel zum Aufmachen.

PATRICK: Kein Problem für uns, Ali Baba! *(Er macht sich mit einer Gabel am Koffer zu schaffen.)* Sesam, öffne dich! Uuuund hopp!

Der Koffer geht auf. Allgemeine Verblüffung.

MAURICE: Das gibt's doch nicht!

PATRICK: Sieht ganz aus wie Geldscheine...

BRIGITTE: Sie mit Ihrer Angst, dass Sie nicht genug Geld für Ihren Aufenthalt haben!

DELPHINE: Euro sind es auf jeden Fall keine.

PATRICK: Komische Buchstaben.

DELPHINE: So was wie Kyrillisch.

PATRICK: Wie was?

MAURICE: Das müssen Rubel sein...

DELPHINE: Oh, mein Gott...

BRIGITTE: Wer fährt denn in den Maghreb in Urlaub mit einem Koffer voll Rubel?

DELPHINE: Die Russen-Mafia.

MAURICE: Das muss Schwarzgeld sein.

PATRICK: Deswegen die vertauschten Koffer.

DELPHINE: Was?

PATRICK: Das habe ich mal in einem Film gesehen. Die haben die Touristen benutzt wie Maultiere.

DELPHINE: Wie Maultiere?

BRIGITTE: Nicht nur Esel hören auf den Namen Martin!

PATRICK: Damit sie durch den Zoll kommen.

MAURICE: Glauben Sie?

DELPHINE: Aber was sollen wir denn jetzt tun? Oh, mein Gott! Wir müssen dieses Geld unbedingt loswerden!

PATRICK: Tja, aber der Haken ist, dass diese Herrschaften bestimmt ihre Kohle zurückhaben wollen, egal wie… Und die haben im Allgemeinen keinen Sinn für Humor…

Delphine macht den Koffer hastig zu.

DELPHINE: Sie haben Recht. Wir tun besser so, als hätten wir den Koffer gar nicht aufgemacht und als ob wir von nichts eine Ahnung haben.

MAURICE: Und wenn der Typ, der uns das Haus vermietet hat, mit denen unter einer Decke steckt?

PATRICK: Stimmt, ist allmählich ganz schön schräg, dass wir den noch nicht zu Gesicht bekommen haben, den Besitzer.

DELPHINE: Der gehört vielleicht zur Al Qaida oder zum Islamischen Maghreb…

PATRICK: Und was fängt er dann mit einem Koffer voll Rubel an?

DELPHINE: Die werden vielleicht von den Tschetschenen finanziert? Die Tschetschenen sind doch auch Moslems…

BRIGITTE: Oh, mein Gott! Wenn wir gewusst hätten, dass hier Tschetschenen sind, wären wir nie hier hergekommen… Dabei hast du mir gesagt, dass hier nur Beduinen sind!

PATRICK: Immer mit der Ruhe, Spatz, vielleicht ist es ja auch ganz anders. *(Zu Delphine)* Sie glauben doch hoffentlich nicht, dass die heute Nacht kommen und uns allen die Kehle durchschneiden, wie Schafen?

BRIGITTE *(unter Tränen)*: Dabei sind wir hier hergekommen, um ganz in Ruhe einen kleinen Urlaub zu verbringen… Du hast ganz Recht gehabt, Patou, wir wären besser wieder an die Costa Brava gefahren!

Schweigen.

DELPHINE *(zu Maurice)*: Und wer sagt uns, dass nicht *die's* sind?

BRIGITTE: Wir?

DELPHINE: Wir kommen hierher und die sind schon da. Und rein zufällig haben sie denselben Namen! Und dabei kennen wir sie gar nicht. Vielleicht haben *die* ja den Auftrag gehabt, den Koffer zu übernehmen! Und vielleicht schneiden sie uns heute Nacht die Kehle durch.

MAURICE: Na, das sind doch immerhin Landsleute von uns…

DELPHINE: Unsere Landsleute? Sie wohnen in der Banlieue! Wo die ganzen Moscheen sind!

MAURICE: Bist du schon mal dort gewesen?

DELPHINE: Das sagen doch alle.

PATRICK: Hey, junge Frau, jetzt aber mal halblang!

BRIGITTE: *Wir* laden die ein, mit uns Couscous zu essen, und jetzt behandeln die uns wie Islamisten…

PATRICK: *Ihr* habt uns in diese Scheiße geritten!

BRIGITTE: *Wir* haben doch nichts von denen gewollt!

PATRICK: *Ihr* kreuzt hier bei uns auf, einfach so, mit eurem vornehmen Getue.

BRIGITTE: Und plötzlich ist hier Golfkrieg!

DELPHINE: Bei Ihnen? Aber das ist hier bei *uns*! Oder, Maurice? Sag du endlich auch was!

MAURICE: Ja, doch. Nur nicht die Nerven verlieren, das ist jetzt nicht der richtige Moment. Wir müssen solidarisch bleiben.

PATRICK: Also, ich sag mal so: seht zu, wie ihr aus der Scheiße rauskommt! Der Koffer – den haben sie doch *euch* untergeschoben. *Wir* haben damit nichts zu tun… So, und jetzt werde ich meinen Astralkörper zur Ruhe betten. Kommst du mit, Spatz? *Die* sind vielleicht drauf…!

Patrick und Brigitte gehen raus. Maurice und Delphine bleiben einigermaßen hilflos zurück.

DELPHINE: Ich glaube, es ist besser, wenn wir nachts abwechselnd Wache halten.

Licht aus

DRITTER AKT

Maurice und Delphine, die ganz offensichtlich die Nacht auf der Terrasse verbracht haben, wachen vom Ruf des Muezzins auf.

DELPHINE: Sind wir noch am Leben?

MAURICE: Ich glaub schon.

DELPHINE: Und der Koffer ist noch immer da?

MAURICE: Ja…

Erneuter Ruf des Muezzins.

DELPHINE: Was ist denn los?

MAURICE: Der Gebetsruf …

Sie denken nach.

DELPHINE: Und wenn es ein Geschenk des Himmels wäre…

MAURICE: Ein Geschenk des Himmels?

DELPHINE: Wenn ein Jahr und einen Tag niemand auf das Geld Anspruch erhebt, dann…

MAURICE: Meinst du wirklich?

DELPHINE: Wir brauchen dann nur zu sagen, dass wir im Lotto gewonnen haben…

Sie denken nach.

MAURICE: Wie steht denn der Rubel?

DELPHINE: Ich weiß nicht, aber wenn man einen Koffer voll davon hat… das dürfte für die nahe Zukunft reichen…

MAURICE: Aber irgendwie muss man diese ganzen Rubel nach Frankreich zurückschaffen…

DELPHINE: Wir könnten die leeren Couscous-Dosen benützen…

Maurice nimmt eine übriggebliebene leere Couscous-Dose und untersucht sie.

MAURICE: Das Verfallsdatum ist überschritten… Das war wohl ein Sonderangebot. Deswegen haben sie gleich alles aufgekauft.

DELPHINE: Das passiert einem nicht alle Tage, so eine Geschichte.

MAURICE: Nein…

DELPHINE: Und wenn das alles ein genau ausgeklügelter Plan ist?

MAURICE: Ein ausgeklügelter Plan?

DELPHINE: So was wie ‚Versteckte Kamera‘, du weißt schon. Die Art von Sendung, wo man Prominente in eine ganz unglaubliche Falle tappen lässt.

MAURICE: Wir sind aber keine Prominenten.

DELPHINE: Wir müssen nachsehen, ob hier nicht irgendwo eine Kamera ist *(sie fängt an zu suchen)*. Oder Leute, die sich irgendwo verstecken und sich über uns totlachen. *(Sie späht in das Dunkel des Zuschauersaals, kann aber nichts entdecken.)*

MAURICE: Das würde bedeuten, dass Patrick und Brigitte Schauspieler sind...

DELPHINE: Warum auch nicht?

MAURICE: Glaub mir, ich habe da so meine berechtigten Zweifel...

Die anderen beiden kommen herein, er im Schlafanzug, sie in einem Bademantel.

DELPHINE: Du hast Recht... Auch die besten Schauspieler könnten keine so glaubwürdige Proll-Nummer abliefern...

BRIGITTE: Gut geschlafen?

DELPHINE: Nicht wirklich.

Brigitte will Patrick offensichtlich dazu bringen, etwas zu sagen.

PATRICK: Ja… Also… T'schuldigung wegen gestern Abend, nich, da ist mir ne Sicherung durchgebrannt.

BRIGITTE: Mein Mann geht manchmal auf wie ein Hefekuchen…

MAURICE: Schon gut, ist nicht schlimm, ehrlich…

DELPHINE: Ich glaub, ich geh mich mal ein wenig frisch machen…

MAURICE: Ich auch.

BRIGITTE: Ich hab Kaffee gemacht. Sollen wir auf Sie warten, mit dem Frühstück?

Maurice und Delphine lächeln eine Spur und gehen ab.

PATRICK: Sie lassen einfach ihren Koffer stehen…

BRIGITTE: Ganz schön unvorsichtig…

Es vergeht eine Weile.

PATRICK: Wär schon schade, wenn nur *die* von diesem Sechser mit Zusatzzahl profitieren…

BRIGITTE: Allerdings.

PATRICK: Wir haben doch auch ein Recht auf *unseren* Anteil?

BRIGITTE: Und wir könnten es auch wirklich besser gebrauchen als die…

PATRICK: Es ist eben wie beim Lotto… Gewinnen tun immer die, die es gar nicht so nötig haben.

BRIGITTE: Die Alten, die Reichen…

PATRICK: Oder die, die zu arm dran sind und nicht wissen, wie man damit umgeht…

BRIGITTE: Die alles ausgeben und dann noch ärmer sind als vorher.

PATRICK: Ich wüsste schon, was ich damit anfange, mit der ganzen Kohle, das kannst du mir glauben…

BRIGITTE: Ja, aber der Koffer ist eben *denen* ihrer.

PATRICK: Denen ihrer? Und wenn die *uns* als Maultiere benutzt haben…

BRIGITTE: Du hast Recht. Es sind ja nicht nur Esel, die auf den Namen Martin hören!

PATRICK: Es muss doch irgendwie möglich sein…

BRIGITTE: Was?

Maurice und Delphine erscheinen wieder.

BRIGITTE: Wollt ihr einen Kaffee?

MAURICE: Wir haben noch einmal überlegt, dass wir besser vorsichtig sind und das Ganze der Polizei melden. Die kümmern sich dann um alles.

PATRICK: Also… *ich* an eurer Stelle würde das nicht machen…

DELPHINE: Wieso?

PATRICK: In Ländern wie diesem hier ist das mit der Polizei so eine Sache…

DELPHINE: Das ist wahr, vor ein paar Wochen hat die Polizei hier in der Gegend die Regimegegner noch gefoltert…

PATRICK: Ihr könnt euch vorstellen, was die mit euch anstellen, wenn ihr hier wie Bin Laden angezogen rumlauft - und noch dazu mit eurem Koffer voll Rubel. Die werden euch doch für Mitglieder von Al-Qaida halten.

MAURICE: Meint ihr…?

PATRICK: Bestenfalls landet ihr im Knast und verfault da langsam, bevor sich jemand gnädigerweise mit eurem Fall beschäftigt.

BRIGITTE: Das ist schon alles ziemlich verwirrend… Da blicke nicht mal *ich* ganz durch.

DELPHINE: Dann verbrennen wir einfach alles! Ist ja sowieso nur Schwarzgeld…

PATRICK: Aber wenn diese Bande auftaucht und die Kohle zurückhaben will?

DELPHINE: Noch ist ja keiner gekommen.

PATRICK: Die warten vielleicht nur auf einen günstigen Moment.

BRIGITTE: Vielleicht haben sie gerade Ramadan.

MAURICE: Also, was machen wir jetzt?

PATRICK: Vielleicht abwarten, ob der Besitzer aufkreuzt?

MAURICE: Der Hausbesitzer?

PATRICK: Quatsch, der Besitzer von dem Geld!

BRIGITTE: Die tschetschenische Mafia!

MAURICE: Vielleicht habt ihr Recht…. Was meinst du, Delphine?

DELPHINE *(ratlos)*: Ehrlich gesagt, ich weiß nicht mehr, wo mir der Kopf steht …

BRIGITTE: Na, dann mach ich noch mal Kaffee.

PATRICK: Lass *mich* machen.

BRIGITTE: Bist du sicher, dass du das hinkriegst?

PATRICK: Na klar, *du* bist doch im Urlaub! Ruh dich ein bisschen aus.

> *Patrick verdrückt sich. Die drei anderen bleiben da, in Gedanken versunken. Brigittes Handy klingelt.*

BRIGITTE: Ja? *(überrascht)* Ich geb sie Ihnen… *(Zu Delphine)* Für Sie. Ein Typ mit belgischem Akzent… Er hat seinen Namen nicht gesagt, keine Ahnung, wer es ist.

DELPHINE: Ja? *(Ihre Gesichtszüge entgleisen. Die anderen sehen besorgt zu ihr.)* In Ordnung. … Nein, nein… Gut… Wir halten uns an Ihre Anweisungen. *(Sie gibt Brigitte ihr Handy mit ausdrucksloser Miene zurück. Maurice und Brigitte werfen ihr fragende Blicke zu.)*

DELPHINE: Das waren sie.

> *Patrick kommt zurück.*

PATRICK: Spatz, ich kann die Filter nicht finden… *(sieht den Gesichtsausdruck der Anderen)* Was issn los?

DELPHINE: Eben hat ein Typ mit komischem Akzent angerufen. Er behauptet, dass er unseren Koffer hat…

MAURICE: Ja und?

DELPHINE: Er schlägt einen Austausch vor…

BRIGITTE: Einen Geiselaustausch?

DELPHINE: Einen *Koffer*austausch!

PATRICK: Wie jetzt?

DELPHINE: Wir sollen den Koffer auf die Terrasse stellen und ins Haus zurückgehen. Dann kommt dieser Mensch und tauscht den echten gegen den falschen Koffer aus.

BRIGITTE: Welchen falschen Koffer?

DELPHINE: Na, unseren!

MAURICE: Das ist ja wie in einem schlechten Agentenfilm…

DELPHINE: Und er hat ausdrücklich gesagt, dass es ohne Zeugen ablaufen soll.

MAURICE: Und wieso hat er auf dem Handy von *Brigitte* angerufen?

BRIGITTE: Das ist ja nicht das erste Mal, dass man uns verwechselt … Liegt sicher wieder an dieser Homophobie.

PATRICK: Ich find, wir machen besser, was die sagen. Die verstehen keinen Spaß, diese Typen.

DELPHINE: Ohne Zeugen…

BRIGITTE: Vielleicht bringen die uns sowieso alle um. Wenn sie den Koffer haben. Und alles nur wegen euch!

MAURICE: Was können *wir* denn dafür?

BRIGITTE: Wir kommen vielleicht nie wieder nach Clichy-sous-Bois…

PATRICK: Hey, cool, Kleines. Wir müssen nur tun, was die von uns verlangen, dann geht alles gut über die Bühne, da bin ich sicher.

Brigitte geht hastig auf die Flasche Rotwein zu.

BRIGITTE: Ich glaub, ich brauch was zur Aufmunterung.

Maurice kommt ihr zuvor und schenkt ihr und sich etwas ein.

MAURICE: Ich auch…

Licht aus.

VIERTER AKT

Im Dämmerlicht schleicht ein Mann herein, in Djellaba, mit hochgeschlagener Kapuze, und nimmt den Koffer. Brigitte taucht in seinem Rücken auf und schlägt auf ihn ein. Der Mann bricht zusammen. Das Licht geht wieder an.

BRIGITTE: Schnell! Kommt her! Ich hab ihn erwischt!

> *Maurice und Delphine kommen dazu. Der Mann ist bewusstlos. Brigitte schlägt seine Kapuze zurück.*

BRIGITTE: Patrick!?

DELPHINE: Siehst du, ich hab dir gleich gesagt, dass sie's waren.

MAURICE: Aber warum schlägt ihn dann seine Frau bewusstlos?

PATRICK: Ok… Ich wollte nur die Kohle reinholen.

BRIGITTE: Aber warum hast du mir nichts gesagt?

PATRICK: Du hättest womöglich was dagegen gehabt.

BRIGITTE: Ach was, Patou… Hab ich dir wenigstens nicht zu wehgetan?

DELPHINE: So ein elender Narr!

BRIGITTE: Ey, du blöde Kuh, pass auf, was du sagst. So redest du nicht über meinen Mann!

MAURICE: Aber wenn der Typ tatsächlich gekommen wäre, um sein Geld zu holen – was hätten wir dann gemacht?

PATRICK: Das am Telefon, das war doch *ich*!

DELPHINE: Ach soo… Dafür verdient er eine Tracht Prügel. Maurice?!

PATRICK: Kannst du ja mal versuchen, Momo.

MAURICE: Wir sind zivilisierte Leute, oder? Und wir sind hier in einem Land, das gerade die Demokratie zurückerobert hat. Wir lassen uns doch nicht zu Gewalt hinreißen…

PATRICK: Ok, aber unseren Anteil wollen wir trotzdem.

DELPHINE: Welchen Anteil?

PATRICK: Unsere Hälfte. Ansonsten packe ich aus. Wie würdste das finden, „Ali Baba"?

DELPHINE: Was auspacken?

MAURICE: Das erkläre ich dir gleich… Also gut, wir teilen es gerecht auf.

BRIGITTE: Genau. Wie beim Couscous.

Maurice macht den Koffer auf und sie sehen sich die Banknoten genauer an.

BRIGITTE: Das ist gar kein Kyrillisch. Das ist Griechisch.

PATRICK: Das sind Drachmen!

DELPHINE: Woher wollen Sie das wissen?

PATRICK: Wir waren im Urlaub mal in Griechenland, kurz bevor der Euro eingeführt wurde. Ich erinnere mich genau, wie die Scheine ausgesehen haben. Schauen Sie hier, da ist nämlich das Kolosseum abgebildet.

DELPHINE: Sie meinen zweifellos das Parthenon…

BRIGITTE: Was in aller Welt wollen denn russische Mafiosos mit einem Koffer voll Drachmen in Nordafrika…

PATRICK: Ist vielleicht Falschgeld?

DELPHINE: Wer ist so dämlich, falsche Drachmen zehn Jahre nach der Einführung des Euro zu drucken, einen Koffer damit voll zu packen und in den Maghreb zu reisen?

MAURICE: *Sie* haben ja auch einen Koffer voll mit abgelaufenem Dosen-Couscous!

DELPHINE: Aber die kann man ja vielleicht noch umtauschen.

BRIGITTE: Nee, seit dem ersten Januar 2012 geht das nicht mehr.

MAURICE: Woher wollen Sie das wissen?

BRIGITTE: Wir haben mal einen alten Geldschein in einem Koffer gefunden und uns erkundigt…

DELPHINE: Tja, und von so was haben wir jetzt einen Koffer voll…

PATRICK: … Und hätten uns gegenseitig fast umgebracht.

Allgemeine Erleichterung.

BRIGITTE: Und wofür das alles?

PATRICK: Für Kohle!

Patrick füllt die Gläser nach.

PATRICK: Die nächste Runde geht auf mich. Ein bisschen Entspannung nach der ganzen Aufregung.

Sie stoßen an.

BRIGITTE: Meine Mutter hat immer zu mir gesagt: Geld macht nicht glücklich.

DELPHINE: Drachmen jedenfalls nicht. Vor allem, wenn man sie nicht mehr umtauschen kann…

MAURICE: Eins steht fest: dieses Geld will niemand zurückhaben.

BRIGITTE: Ende gut, alles gut, hat meine Mutter immer gesagt.

Schweigen.

DELPHINE: Na gut, ich ruf beim Konsulat an, in Sachen verlorener Koffer, mal sehen, was die dazu sagen.

MAURICE: Die werden uns vorläufige Papiere ausstellen, damit wir nach Frankreich zurückkönnen.

DELPHINE: Und uns etwas Geld vorstrecken.

BRIGITTE: Sonst leihen *wir* euch was.

PATRICK: Wie sich's für Franzosen im Ausland gehört, da muss man zusammenhalten. Und du, Momo, du kriegst jetzt erst mal andere Klamotten zum Anziehen, so verkleidet kannst du nicht länger rumlaufen… und ich auch nicht.

Delphine geht raus zum Telefonieren, Patrick und Maurice gehen sich umziehen.

BRIGITTE: Gut, dann räum ich ein bisschen auf.

Sie stellt einen Sender im Radio ein.

RADIOSPRECHER. Die Spannungen um den Austritt Griechenlands aus der Euro-Zone nehmen weiter zu. Eine Sitzung…

Brigitte stellt einen anderen Sender ein. Orientalische Musik. Sie räumt weiter auf. Patrick und Maurice erscheinen wieder. Patrick hat dieselben Sachen wie am Anfang an, Maurice ist jetzt ähnlich wie Patrick angezogen, sehr prollig.

BRIGITTE: Ah, das steht Ihnen gut.

PATRICK: Gleich noch einen Roten drauf.

MAURICE: Immer zu!

Patrick schenkt wieder ein.

MAURICE: Wir müssen nur noch überlegen, was wir mit dem Haus hier machen.

PATRICK: Jetzt, wo wir uns kennengelernt haben und uns allmählich anfreunden… Warum machen wir nicht Urlaub zusammen, hä, Momo? Wir kennen uns doch schon seit der Schulzeit, stimmt's?

Delphine erscheint wieder.

DELPHINE: So, das wär's. Ich hab denen unsere Adresse gegeben… *(Sie wird auf den Aufzug von Maurice aufmerksam.)* Hast du dich umgezogen?

BRIGITTE: Er sieht gleich ganz anders aus, nicht? Das macht ihn jünger, finden Sie nicht?

Der Alkohol zeigt deutlich Wirkung bei Maurice.

MAURICE: Patrick und Brigitte schlagen vor, dass wir den Urlaub zusammen verbringen. Findest du das nicht toll, Liebling?

DELPHINE *(mit gesenkter Stimme)*: Hör mal, Maurice… Es mag schon sein, dass wir im Umgang mit Leuten aus Fontenay-sous-Bois viel lernen können, aber trotzdem…

MAURICE: Aus Clichy-sous-Bois.

DELPHINE: Ja, schon gut. Ist doch eh alles das Gleiche.

MAURICE: Nein. Fontenay ist im Département 94, Clichy-sous-Bois ist im Département 93…

DELPHINE: Woher weißt du so gut Bescheid?

MAURICE: Ich war dort in der Schule. In der Gagarin-Schule. Zusammen mit Patrick. Momo – das bin nämlich *ich*, Delphine! Und wenn's dir nicht passt, ist es auch egal!

DELPHINE: Was? Was redest du da?

BRIGITTE: *Das* ist ein Coming-out!

MAURICE: Ich hab's satt. Ich will nicht mehr lügen. Seit wir uns kennen gelernt haben, habe ich alles getan, um dir zu gefallen, um deinen Eltern zu gefallen. Aber jetzt reicht's.

DELPHINE: Sag mal, tickst du noch richtig!

MAURICE: Ich habe sogar meinen Namen für dich geändert!

DELPHINE: Du heißt gar nicht Maurice?

MAURICE: Ich will zu meinen Wurzeln zurückkehren! Ich will mich mit meinen Vorfahren verbinden!

DELPHINE: Er hat zu viel getrunken, das ist alles. Und außerdem, lieber Maurice, stammst Du von den Galliern ab!

MAURICE: In meinen Adern fließt das Blut eines Beduinen, Delphine! Ich bin ein Wüstenbewohner! Ein Nomade! Ich kann keine Golfplätze mehr ertragen, verstehst du?

BRIGITTE: Was ist nochmal der Unterschied zwischen einem Beduinen und einem Moslem?

DELPHINE: Hört nicht auf ihn, er ist total betrunken.

MAURICE: In meinem tiefsten Inneren habe ich schon immer gewusst, dass ich dazu bestimmt bin, in einem Zelt, umgeben von Sand, zu leben und nicht in einer Maisonette im 16. Arrondissement.

DELPHINE: Na schön! Wenn es nur darum geht, machen wir nächstes Mal Camping-Urlaub am Atlantik.

MAURICE: Ich bin ein Tuareg, Delphine! Und *du* hast aus mir … einen Touristen gemacht!

Brigitte, die auch ziemlich angetrunken ist, hält es für angebracht, sich einzumischen, um die Situation zu entspannen.

BRIGITTE: Wollen wir heute Mittag grillen?

PATRICK: Baby, merkst du nicht, dass das gerade nicht der richtige Moment ist… Ich schwör, manchmal fehlt es dir echt an Psychologie, weißt du!

BRIGITTE: An Psychologie…? Sag bloß, dass ich nix im Kopf hab!

PATRICK: Reg dich nicht gleich auf, Baby?

BRIGITTE: Erstmal bin ich nicht dein Baby! Aber du, wenn du ein echter Mann wärst, würdest du mir eines machen!

Patrick ist betroffen.

MAURICE: Nur die Würstchen fehlen noch.

DELPHINE: Wie bitte?

MAURICE: Fürs Grillen!

DELPHINE: Wir haben ja nicht mal Papier, um den Grill anzuzünden.

MAURICE *(dreht durch)*: Wir haben doch die Drachmen! Diese verdammten Drachmen! Die werden wir doch nicht zum Monopoly spielen behalten!

Maurice fängt an, die Banknoten zu zerreißen und in den Grill zu werfen.

PATRICK: Wir haben auch Merguez dabei.

Licht aus.

FÜNFTER AKT

Maurice, Delphine, Patrick und Brigitte kommen zusammen vom Pool zurück.

PATRICK: Aah, Frische für den ganzen Tag!

MAURICE: Ja, und man bekommt den Kopf wieder klar.

DELPHINE: Den Magen auch… Die Bratwürste waren doch etwas fett, nicht?

MAURICE: Ich hab gar nicht gewusst, dass es so was gibt – Bratwürste aus der Dose.

DELPHINE: Eines muss man sagen, der Swimmingpool ist herrlich.

BRIGITTE: Los, wir gehen uns umziehen, kommst du, Delphine? Ich gebe dir was zum Anziehen. Ich weiß schon, was dir gut stehen würde…

Beide Frauen gehen ab.

PATRICK: Wie hast du es eigentlich geschafft, deiner Frau zu verheimlichen, dass du Moslem bist? Nach allem, was ich gesehen habe, bist du immer noch beschnitten, oder?

MAURICE: Ich habe ihr gesagt, dass ich nicht-praktizierender Jude bin. Übrigens: einmal im Jahr faste ich wie ein richtiger Jude, am Jom Kippur.

PATRICK: Na, das ist ja schon was…

Schweigen.

PATRICK: Lust auf einen kleinen Absacker?

MAURICE: Klar!

Patrick nimmt eine Flasche aus der Kühltasche und füllt zwei Gläser. Sie prosten sich zu.

MAURICE: Sagenhaft! Was ist das für ein Zeug?

PATRICK: Ouzo. Wir haben ein ganzes Lager davon zu Hause. Ich mach mal Musik an, ja?

Patrick schaltet das Radio ein. Er regelt am Empfang herum und stellt einen Sender ein, der orientalische Musik bringt. Nach einer Weile kommen Brigitte und Delphine zurück. Delphine ist jetzt so sexy-vulgär angezogen wie Brigitte.

PATRICK: Wow, das steht Ihnen aber gut!

DELPHINE: Finden Sie? Und Du, was meinst Du, Schatz?

Maurice traut seinen Augen nicht. Die Musik hört auf.

RADIOSPRECHER. Wir unterbrechen unser Musikprogramm für eine aktuelle Sondermeldung. Wie wir soeben erfahren, ist die Drachme seit heute wieder offizielle Währung Griechenlands, nachdem das Land vor wenigen Tagen seinen Austritt aus der Euro-Zone erklärt hat. Vertreter von Politik, Wirtschaft und Börse zeigten sich überrascht von dieser Entwicklung. Über erste Reaktionen auf diese Entscheidung werden wir Sie auf dem Laufenden halten. Alle Reisenden nach Griechenland können ab sofort wieder in Drachmen zahlen – was sicher alle diejenigen unter unseren Zuhörerinnen und Zuhörern erfreuen wird, die noch irgendwo in einer Schublade oder einem Koffer Drachmen gehortet haben...

MAURICE: Und *wir* haben unsere ganzen Drachmen in Flammen aufgehen lassen, um den Grill anzuzünden...

RADIOSPRECHER. Aus Anlass dieses für Europa so folgenreichen Ereignisses senden wir klassische Musik. *(Alle Augen richten sich auf den noch rauchenden Grill. Delphines Handy klingelt. Maurice schaltet das Radio aus.)*

DELPHINE: Ja...? In Ordnung!... Gut!...

Sie steckt ihr Handy weg. Die drei anderen hängen an ihren Lippen.

DELPHINE: Ein Typ vom Konsulat kommt persönlich vorbei, um uns provisorische Reisepässe auszuhändigen.

MAURICE: Und?

DELPHINE: Und den Vuitton-Koffer zu holen. Die suchen den überall seit heute Morgen.

MAURICE: Das Konsulat?

DELPHINE: Der Koffer gehört einem leitenden Beamten vom Außenministerium, der hier seinen Urlaub verbringt.

MAURICE: Hier? Der will doch nicht etwa ein Schnäppchen machen?

DELPHINE: Der ehemalige Justizminister dieses gestürzten Diktators hat ihn zu sich in seinen Palast eingeladen und den will er jetzt bei seiner Kandidatur zur Präsidentschaftswahl unterstützen.

PATRICK: Und das alles mit einem Koffer voller Drachmen?

DELPHINE: Die Griechen haben ja schließlich die Demokratie erfunden.

MAURICE: Ja, aber Frankreich hat Vuitton erfunden.

DELPHINE: … und die versteckte Wahlkampffinanzierung, die den ganzen Charme der Demokratie *à la française* ausmacht.

MAURICE: Haben die sonst noch was gesagt?

DELPHINE: Sie haben ausdrücklich gesagt, dass wir auf keinen Fall den Koffer aufmachen sollen. Es ist Vuitton-Diplomatengepäck. *(In der Ferne hört man ein Polizei-Tatütata.)*

MAURICE: Ich glaub, jetzt gibt's Ärger…

PATRICK: Wir haben nicht mal ne Gurke, mit der wir die Biege machen können.

MAURICE: Wir könnten höchstens auf die Kamele da drüben steigen und in die Wüste verschwinden.

DELPHINE: Genau! Du wolltest ja den Tuareg wecken, der in dir schlummert.

MAURICE: Das letzte Mal bin ich mit acht auf ein Kamel gestiegen. Im *Parc Astérix*.

PATRICK: Und ich in einem Freizeitpark namens Sandmeer.

Das Handy von Brigitte klingelt. Sie nimmt ab.

BRIGITTE: Ja, bitte…? *(Sie deckt mit der Hand das Handy ab.)* Es ist der Wohnungsbesitzer. Er fragt, ob soweit alles in Ordnung ist. Was soll ich ihm sagen?

Erneutes Polizei-Tatütata, in der Nähe.

Licht aus.

ENDE

Zum Autor

Jean-Pierre Martinez, geboren 1955 in Auvers-sur-Oise bei Paris, hat seine ersten Bühnenerfahrungen als Schlagzeuger verschiedener Rockgruppen gemacht. Nach Studium und eigener Lehre von Text- und Bildsemiotik an sozial- und theaterwissenschaftlichen Hochschulen (*Ecole Pratique des Hautes Etudes en Sciences Sociales*, EHESS; *Conservatoire européen d'écriture audiovisuelle*, CEEA) wurde er in der Werbebranche tätig, verfasste nebenher schon bald Drehbücher für das Fernsehen und kehrte schließlich als Theater-Autor und Dramaturg an die Bühne zurück.

Martinez zählt zu den produktivsten und meistgespielten der heutigen Theater- und TV-Drehbuchautoren Frankreichs und des französisch-sprachigen Auslands. Bis dato hat er an die 100 TV-Drehbücher und mehr als 100 Komödien verfasst, von denen einige zu Klassikern geworden sind (*Vendredi 13* o d e r *Strip Poker*). In englischer und spanischer Übersetzung werden seine Theaterstücke regelmäßig auf Bühnen in Nord- und Lateinamerika gespielt. Für den Erfolg der Theaterstücke von Jean-Pierre Martinez steht die Zahl von jährlich über 2.000 Aufführungen seiner Stücke, die inzwischen in 12 Sprachen übersetzt vorliegen – jetzt auch auf Deutsch.

Zum Übersetzer

Dr. phil. Hans-Joachim Bopst, Studium von Romanistik, Germanistik und Deutsch als Fremdsprache; nach über 10 Jahren Lehre an französischen Universitäten seit 1992 in der Übersetzerausbildung an der Universität Mainz / Germersheim tätig; Lehre, Forschung, Veröffentlichungen und Übersetzungen zu Tourismus, Sprachwissenschaft, Didaktik; zahlreiche Gastdozenturen, Vorträge und Workshops an in- und ausländischen Universitäten; seit 2016 Übersetzung der Komödien von Jean-Pierre Martinez.

Grundlage für die deutsche Übersetzung der Stücke von Jean Pierre Martinez waren Übersetzungsübungen, die unter meiner Leitung am Fachbereich Translations-, Sprach und Kulturwissenschaft (FTSK) der Universität Mainz / Germersheim zwischen 2018 und 2020 stattfanden.

Mein Dank für Kreativität, Korrekturen und Tipps an alle beitragenden Studierenden und Kolleg*innen !

Hans-Joachim Bopst

April 2020

La Comédiathèque
comediatheque.net

9 782377 054077